KB264731

귀 달린 바람

귀 달린 바람

이일영 시집

22

시와정신시인선

시와정신사

■

시인의 말

젊은 시절, 생계에 쫓겨 돌아서야만 했던 문학의 길….

반백 년 동안 평범한 샐러리맨으로 아들, 가장, 남편, 아버지의 길을 걷다가 望八의 백발노인이 되어 다시 들어선 宿願의 길이었습니다. 돌이켜 보면, 성공과 명예의 꽃길을 걸을 때나, 타국에서 고달픈 이민자의 길을 걸을 때에도 늘 내 마음은 '문학'이란 이 정표에 머물렀나 봅니다. 비록 수십 년을 헤매다 접어든 늦깎이 길이지만, 그 어떤 청춘이 부럽지 않을 만큼 하루하루를 활기와 반짝이는 호기심으로 걸어왔습니다.

앞으로 얼마나 더 멀리, 더 오래 아마도 나의 생이 다하는 날까지 이 길을 걸어야 할는지도 모르겠습니다. 어쩌면 그것은 멀고도 외롭고 지난한 길이겠으나, 그 길모퉁이에서 첫 결실을 선보이는 이 순간, 나의 가슴은 윌리엄 워즈워드의 '무지개'처럼 벅차게 살아 숨 쉬고 있습니다.

오늘의 나를 있게 해 준 모든 분들께 감사드립니다: 먼저, 시인으로서의 삶을 전폭적으로 지원해 주는 사랑하는 아내, 詩作 지도와 '라스베가스 문집' 시 감상을 집필한 막역 후배이며 아우 같은 이진홍 시인, 등단의 길을 열어준 시사랑문학신문 대표 최

마루 시인, 감사드립니다!

  늘 진심어린 응원을 아끼지 않는 죽마고우 문기상 교수, 나의 절대 지지자이며, 헌신적으로 '라스베가스 문학' 온라인 카페를 운영해주는 큰딸 데레사, 카페를 진심 성원해 주는 정정지 시인, 문학회에 관심과 사랑을 보여주는 후배 조재련 변호사, 우리 라스베가스문학회 모든 회원님들, 나의 이웃 Jay Clark씨, Bob과 Pat씨 부부, 그리고 서울고, 서강대 동문, 선후배 여러분 모두에게 감사합니다!

  끝으로 이번 시집 발간에 있어 여러모로 지도해 주시고 시평을 해 주신 미주한국문인협회의 이윤홍 회장님의 노고에 깊이 감사드립니다. 아울러 정성껏 책을 엮어 주신 시와정신사 김완하 대표님과 편집진 여러분께도 심심한 사의를 표합니다.

2017년 정유년 3월 이일영 배

■

Poet's Words

In my youth, I had to give up the way to literature by a pressure of a living….

Having walked on the way of son, household, husband and father for a half century as a plain salary man, now I came back to a cherished desire in the age coming nearer to eighty(80).

In retrospect, either walking on the way of flower made by success or reputation,

or the way of hardships of immigrant, my mind looks always staying at the Road Sign named 'LITERATURE'.

Even though it is the way of beginning of an old man after wandering for several decades, with no envy of any youth I've walked vividly everyday in a full of curiosity.

I don't know how long and far I have to go this way, it might be finished at the end of my life. Maybe it should be far and lonely, at this time of first result to the world on the corner of that way my heart breaths profoundly and leaps like a 'Rainbow' by William Wordsworth.

I'm grateful to all the people who have shaped my life:

Firstly, to my loving wife supporting me with the whole heart, to my intimate junior like younger brother and poet Jinheung Lee, who led me how to write poems and wrote appreciations on the works of the book(Las Vegas Literature),to the poet Maru Choi, the president of Sisarang Moonhakshinmoon who opened the way of poet for me, thanks a lot!

To my childhood friend and classmate, Professor Kisang Moon encouraging me heartily, to my first daughter and absolute supporter Theresa, managing on line cafe KLA of Las Vegas with devotion, to the poet Jungji Jung cheering cafe eagerly, to Lawyer Jarien Cho showing deep concern and love for KLA, to my all members of KLA of Las Vegas,to my neighbours Jay Clark, Bob & Pat couple, to all class-mates, seniors and juniors of Seoul High School and Sogang University, thanks a lot!

Finally, to Mr. Yoonhong Lee, president of Korean Literature Society of America who led me in everything in publishing and wrote critics on my poems and to Wanha Kim, President of Siwajeongsin and his editors for their sincere efforts, thanks a lot!

Mar. 2017 from Francisco Lee

우리의 얼은 멋이어라!

노래와 춤이어라
서리서리 한恨과 한을 싸안는
몸부림의 판소리
탈춤 타령 어우르는
멋 가락의 춤이어라

곡선이어라
비색翡色의 고요 속에
무상無常의 아름다움이
물소리처럼 유연한
청자靑磁의 멋이어라

해학諧謔의 정이어라
미운 정 고운 정 목구멍 가득
번뜩이는 익살과 달관達觀을
다 삼킬 때까지 포기 않는
인고忍苦의 끈끈한 정이어라

노래와 춤 곡선의 여유
해학의 정은
한 가닥 한 가닥 꿰매어진
우리의 멋이어라
풋풋한 구슬 땀 진정 아끼는
영혼의 화기和氣이어라

내 안에 너를 네 안에 나를
감싸 안는 화기의 얼은
세상에 고루 고루 스며야 할 멋

홍익弘益의 뿌리에서
면면히 피어나는
참 평화와 사랑의 멋이어라

Our Earl* is Cool!

Our Earl is song and dance.

It is a flavor thing, embracing ceaseless Han**

In harmony with Pansori***,Taryung**** and Mask Dance.

Our earl is a curve.

In the calmness of jade-green

The beauty of uncertainty flows with composure like water

sound,

That is the smartness of celadon porcelain.

Our earl is a joke.

It is a never give-up and persistent affection

Until it swallows glittering antics and far-sight views

In full of throat whether they are good or bad condition.

Song and dance, reserve of curve together with the

humorous sympathy

Are all our smartness which are stitched one by one and

The harmony of soul making green smell sweat of beads

worthy.

That earl of harmony embracing you in me and me in you here

Is the real coolness of peace and love originated from the roots of Hongik*****

That should be infiltrated equally with the world and bloom everywhere.

* Earl : Korean spirit, soul.
** Han : Korean's lamentation.
** Pansori : the song of Korean traditional drama sung by the traditional singer 'Chang' reciter.
**** Taryung : a kind of Korean traditional tune.
***** Hongik : an extension of human welfare.

새해에는 자주 그 이름을

새해 아침이 밝아옵니다
같은 아침이지만
새해가 오기 전에 떠나버린
혼수상태에서 깨어나지 못한
새해가 왔는지조차
분간 못하는 사람도 있습니다

아파보아야 몸의 소중함을
정전이 되어야 빛의 고마움을 깨닫듯
그처럼 자주 잊고 사는 것이 있습니다
그것은 바로 감사라는 이름입니다

새해에는
깨어나서 잠들 때까지
숨 쉬고 말하고 보고 듣는 것
별 볼일 없는 작은 일에도 모두
그 이름을 입에 올립시다

그 이름은
부를 때마다 기쁨의 꽃이 피어나고

피어난 꽃은 부메랑처럼 되돌아와

사랑의 길을 열어주며

더불어 사는 행복의 날개를 퍼덕입니다

Say often 'the name' in New Year

New Year's morning is becoming bright.

Although it's the same morning before,

There are people who already passed away,

Still no awakening in falling into a coma

And don't distinguish whether New Year has come or not.

Just as we perceive the precious body when we're sick,

Or the thanks of light when the power is off,

We have such a thing to forget often;

It is the name of 'Thanks'.

In New Year,

Let' say often it on our mouths,

On the matter of no importance and tiny things

While we breathe, speak, see and hear

From waking up to going to sleep.

That name

Blooms flower of joy whenever it's called.

That bloomed flower comes back like boomerang,

Opening the way of love and flapping the feathers of happiness.

차 례

___ 묶음 하나 : **사계절**
Four Seasons

사계절
Four Seasons

2월

여적
차가운 바람 속
응달진 잔설殘雪과

볕 잘 드는 밭고랑
아지랑이 사이에서

눈꽃雪花 연가의
끝자락 잡아보다가

꽃 소식 실어주는
봄바람 미소에

스카프처럼
절로 흔들리는 여심女心

February

Still in cold wind,

Between the left snow in the shade

And the heat-wave

Out of sun-lighted furrow,

Between in pulling

The end of elegy within snow flower

And in facing with smiles of spring wind

Wearing flower news,

Is there a shaking woman's mind

Like a fluttering scarf?

봄 봄 봄

따스해진 아침 햇살에

눈이 부신 종달새

멍석 마당 휘돌며

봄 소식 종종거린다

산과 들 어느새

붉게 번져오는 진달래

뒤 뜰 노오란 율동의 개나리

개울가 영롱한 풀섶 이슬 모두

아이폰 문자 두들겨대는

청개구리 카카오 톡

지구 반대 쪽 주파수에 맞춘

윙윙 벌 나비

자유의 봄 봄 봄 외치는 꽃 파도

수발신에 매달려

밤샘하고 아침 맞은

달팽이 통신사의 휘어진 안테나

지구촌 곳곳 밀어닥친 특종에
마악 열어제낀 페이스 북마다
넘쳐나는 봄 뉴스
봄의 교향악

Spring Spring Spring

The lark feeling brilliant

By the warm sun-light in the morning

Is now singing news of spring,

Flying on the straw-mat.

Azaleas, making the mountains and fields red,

The golden bell trees, dancing rhythmically in the backyard,

The crystal dew drops on the grass by the stream,

All are tapping I-phones like green frog's Kakao-talk.

The busy bees and butterflies focusing cycles

On the other side of the earth,

The waves of flowers shouting spring spring spring of freedom,

Facing morning through night teleworking of receiving and posting,

There appears a bending antenna of snail's tele-operating.

Even face books just opened world-wide with full of topics

Are overflowed by the spring news

Together with symphony of spring.

봄날 아침

물러가는 겨울의 서슬에서
봄은 마악
세상의 둘레를 펼치기 시작한다

봄볕 봄비 실은
생장生長의 바람수레 가는 곳마다
매직처럼 줄줄이
푸른 둘레길 꽃마을 피어난다

겨우내 묵은 때 씻겨내는 새맑은 선율의 봄비와
목청 예쁜 봄새들의 햇살 부푼 수다
꽃나무 초대에 들뜬 벌 나비들의 어깨 춤
살얼음 깨며 뜀박질하는 시냇물 소리
어서 나와 보라고 부추긴다

오, 연인의 윙크 같은
이 봄날 아침 나는
유리창 활짝 열어젖히고
봄 우주 가득 펼쳐주는
바람수레에 환호하고 있다

In the Spring Morning

On moving back out of the sharpness of winter,

The spring just begins

To open the edge of the world.

Wherever the wind-wagon of growth loaded with

Spring-light and spring-rain reaches,

Green walking roads and flower villages

Are blooming like magic here and there.

Spring rain of clear melody, cleaning old dirt during winter,

The sun-lighted chats of spring birds with pretty voices,

The shoulder dancing of bees and butterflies

Excited by the invitation of blooming trees

And the shout of streams running just after breaking thin ice

Are urging me to come out of home quickly.

Oh, at the morning of spring just like an wink of lover,

I open the window as wide as I can and

Shout for joy at the wind-wagon

Outstretching the universe of spring.

꽃

살며시 피어나는
해맑은 외침
바람결 열린 창으로
향기 날리고
자기만의 빛깔로
말을 건넨다

햇볕에 반사되어
눈부시게 치켜든
꽃잎 하나 하나
가녀린 꽃술 꽃분花粉은
타고난 패션의 정예
물오른 젊음의 함성
레이스 달린 천의 얼굴이다

씨앗을 영글며 죽는 순간
내뿜는 향기의 절정은
다시금 꽃이 되기 위한 약속

꽃이여
자연의 참 언어로
사람 안에 피고 지고
다시 피는 성숙이여

Flower

With a calm blooming it is a clear shout.

Through the open window by the wind

It smells and speaks to others with its own color.

Being shined by the sunlight,

The bright floral leaves, pistils and stamens

Are the best natural fashion.

A shout of golden youth

And a thousand faces with laces.

At the time of death, bearing seeds,

The climax of blowing scent is

The promise of blooming next year.

Flower!

The real language of nature,

The maturity of blooming, fading

And blooming again in human-beings.

4월에는

봄 바람 겨운 4월에는
마음결 따라
상상 여행을 떠나보자

야생이 춤추는 들판과
산채 꽃 숨겨진
오솔길을 걸어보자

만리장성 굽이 굽이
돌쩌귀 들꽃 길을 걷고
라인강 하이델 벨크에서
들장미 같은 노을을 마셔보자

폼페이 화산재에서 피어난
표정 없는 꽃들과
작열하는 모래바람 행군에도
꼿꼿이 미소 짓는 선인장 꽃들
피에타 모자상母子像을 에워싼
비애와 탄식의 붉은 송이 송이

인류의 향기를 맡아보자

휴전선 철조망 사이
사연 많은 야생화로 피어난
소망의 꽃들 둘레 길마다
꽃 예찬의 시화전을 열어
부활 축하의 오라토리오를 불러보자

4월에는…

When April Comes

In April when we feel the spring wind so attractive,

Let's leave for imaginary trip,

Following the wave of mind.

Let's walk on the field of dancing wild

And go throughout the alley

Where the herbs or wild greens are hidden.

Let's step on the road of field blossom

From hinge of Great Wall and

Let's drink sunset like wild rose

At Heidelberg near Rhine River.

From the expressionless flowers

Bloomed in volcano ashes, Pompeii,

From those smiling cactus

Strictly standing in a hot and sandy march,

From the red bunches of sorrow and grief

Surrounding 'Pieta' statue,

Let's smell the scent of human-beings.

Among the wire entanglements of DMZ

Along the roads to hopeful flowers

Bloomed in field of full story,

Let's open an exhibition of illustrated poems

And sing oratorio for Easter celebration.

When April comes···.

벌새

미니 새처럼
큰 벌처럼 생긴 요정
소리 없이 날며
꽃에게 마음을 쏟는다

꼭두새벽 일어나
순정의 눈빛 가득
울지 못하는 기인 부리 끝 떨며
이슬 반짝 꽃술에
순간 입맞춤한다

숲의 작은 요정과
꽃의 섬광이 빚어내는
이른 아침의 환희

The Humming Bird

A fairy like a big-bee or mini–bird

Has a tendency to fly in silence

Only to the flower.

Waking up early in the morning

With a full of naive look,

It reaches to a dew–drop

Of shining pistil and stamen and

Kisses them quickly

With the trembling and long beak

Which never cry.

Joy is it early in the morning

By the flash

Between the little fairy in the forest

And the flower.

귀 달린 바람

산책길은 혼자가 아닙니다
나는 늘 반가이 맞아주는 바람에 귀를 기울입니다

바람은 귀와 어깨에 담은 이야기들을 휘휘 돌리며 다가옵니다
분명 그 너른 어깨만큼이나 귀도 큰 것 같은데
입은 작으면서 하나밖에 없는지 매번 고유의 소리를 내곤 합니다

귀와 가슴 팔다리가 제 각각인 나무들이
각기 팔을 뻗쳐 하늘에 올리는 화음의 성가들이며
아기 새 뒷바라지에 종종거리며 바쁜 어미 새들의 이중창 사중
창이며
거대한 숲이 내세우는 계곡의 빠른 반주와 우렁찬 폭포의 트럼
펫 소리
미루나무 줄지어 춤추는 강물의 발라드는 물론
벼랑에 용솟음치는 파도의 카프리치오가 맞닿은 수평선
그 위로 쏟아지는 햇빛의 강렬한 환상곡까지 모두
바람의 어깨에 실려 베토벤 교향곡으로 다가옵니다

이제 바람은

내 생각의 귀퉁이부터

내 안에 오가는 사단 칠정四端七情*의 굴곡까지

열린 귀로 들어주고 어루만지며 함께 노래해 줍니다

나의 산책길은 혼자가 아닙니다

귀 달린 바람과 함께 걷습니다

그와 함께 걷는 산책길은 내가 살아가는 절대 기쁨입니다

* 사단칠정四端七情 : 仁義禮智의 사단과, 喜怒哀樂愛惡慾의 칠정

Wind with Ears – A Stroll-Road

A stroll-road is not alone.

I listen to the wind welcoming me always.

The wind is coming to me, spinning stories

Put in the ears and on the shoulders round and round.

The ears look so as wide as shoulders,

But the mouth is small and only one sounding particular

every time.

The trees with different limbs and legs are singing gospels

In harmony to the sky by expanding their arms,

The duet and quartet of mother-birds' which are busy

To take care of their kids, walking with mincing steps,

The gigantic forest being proud of rapid accompaniment of

the stream

In accordance with trumpet's sound of powerful fall,

Together with ballad of river in dancing of lined poplars,

The horizon facing with capriccio of wave welling up the

cliff and

Even the intensive phantasy of sun-light falling down
thereon,

All of those carried on the shoulder of wind

Are coming to me like Beethoven's symphony.

Now, the wind, from the corner of my thought

To the winding of Sadanchiljung* coming and going in me

Is listening with open ears and touching me in singing
together.

My stroll-road is not alone.

I stroll with the wind having ears.

The stroll-road walking with the wind

Is an absolute rejoice of my life.

* Sadanchiljung : 4 morals: humanity, justice, manners, wisdom and 7
senses : joy, anger, sadness, pleasure, love, sin, desire.

하늘 신방新房

하늘 길 푸른 창밖으로
질주하는 구름을 가만히 봅니다

구름도 한동안 외로운 것일까요
햇살 속에서 세월만큼 거창하게
한바탕 잔치를 벌입니다

어디선가 눈부신 구름 골짜기에
웨딩마치가 성스럽게 울리고
천사의 드레스가 너울거리네요

구름 위로 펼쳐지는 향연에 휩싸여
찬란한 빛에 사무치는 생명들이
하늘 가득히 꾸미는 신방일까요

난기류를 헤쳐 가는 고국행 비행기에서
까닭 없이 흐르는 행복한 눈물이
무언의 심장을 적십니다

A Bridal – Room in Heaven

Over the blue heaven's way out of window,

I see quietly the clouds running.

As for some-time the clouds seem to feel lonely,

They are having as a great party

As times and tide in the sunshine.

Somewhere in the valley of brilliant clouds,

There sounds holy wedding march

And waves angel's dress.

In the midst of entertainment being held over the clouds,

Are lots of lives longing for beam

Now arranging a bridal room in full of sky?

Through turbulent air in the airplane heading for homeland,

Happy tears shedding with no reason

Are soaked to the silent heart.

도로 표지

담장 뒤편 모퉁이
양팔을 치켜든
바이올린 모양의 이정표
동서로 〈브람스의 자장가〉
남북으로 〈비발디의 사계〉

길가에 버티고 선
속도 제한 15마일
자장가처럼 풀린 엔진 소리에
스르르 아가가 잠든다

어느 집 창 넘어
낯익은 선율이 반갑게 인사하고
정원수 잎새마다 휘파람 반짝인다

아쉬운 봄 가을
굼뜬 여름 겨울
그 선율의 얼굴이 바뀔 때마다
귀 달린 바람의 해설이

노상 열려 있는 감성의 창가에
아다지오 삶으로 흘러든다

Road Sign

A road sign

At the corner over the wall

Like violin with its arms up:

One bounds east and west

With the name 〈Braham's Cradle Song〉,

The other does south and north

With the name 〈Vivaldi's Four Season〉.

Being faced with [15 MPH] on the roadside,

At the sound of slow running engine like the lullaby,

The baby goes to sleep easily.

A familiar music greets delightedly

From the opened window of someone,

The leaves of garden trees twinkle like whistle.

Missing spring and autumn,

Slow summer and winter,

Everytime changes the face of melody

An interpretation of the wind having ear

Flows into the ever opened window of sentiment

As just as Adagio Life.

사슴 골
– 라스 베가스 근교 찰스 마운틴에 소재 –

솔향이 넘실대는 사슴 골

절간 처마 끝처럼

마음의 풍경소리 울리어라

사슴들 데이트하는

여름 내내 시린 실개울 물살은

바위가 지켜주는

겨울 영혼의 꼿꼿함이어라

온누리 이슥토록

물소리 새소리 바람소리

솔향 자욱한 그대 목소리에

아름드리 옛날을 지피어라

안개꽃 별무리 속에 밀려오는

천상의 아리아

그대 눈 속에

티 없는 물보라 같아라

Deer Creek

– Located in Charles Mt. near Las Vegas in U.S.A –

At 'deer creek' smelling pine-incense a lot,

A wind-bell of mind rings

Like the edge of the eaves of a quiet temple.

The cold stream of brook

Where through the summer deer are dating

Might be the uprightness of winter-spirit

Which the rocks have been keeping.

Deep in the night all over the world

With the sound of water, birds and wind

Together with that of your dense pine-smelling

We are burning the armful past-time.

Aria on heaven flowing

From as the galaxy as the foggy flower is

Just like the pure spray of water in your eyes.

불 노을

저녁만 되면 약속이나 한 듯
하늘에 불이 난다

근처 구름들이 불을 꺼 보겠다고
기를 쓰고 불 속에 뛰어든다

불혀에 휘감긴
구름의 알몸들이 눈부시다

불은 구름 뿐 아니라
산과 섬 바다까지 태운다

불 노오랗게 익어 기진한 채
눈꺼풀이 감기는 바다

타다 만 섬과 산도
이젠 까맣게 쉬고 싶다

Sunset of Fire

In the evening a fire breaks out in the sky
As if it's promised.

The clouds near around are rushing
Into there to extinguish the fire.

The naked bodies of the clouds surrounded
By the tongue of fire look dazzling.

Fire burns not only clouds
But also mountains, islands and sea.

The exhausted eyelid of the sea,
Baked red and yellow by fire is closing.

Those still burning islands and mountains
Want to rest now in black.

여름 바다

반짝이는 물결로 호객하는 파도

몸은 물고기 마음은 물새처럼
반신욕하는 섬들
전신욕 하고픈 구름들

못내 바다에 뛰어든
땀방울 알몸의 하늘

Summer Sea

The touting sea with shining wave.

Just like as body is fish as mind is sea gull,

Islands are enjoying half-body bathing,

The clouds look like to have the whole body bathing too.

Now a naked sky in all of sweat

Falling down into the sea out of patience.

피서

무더위 부대가
곳곳에 진을 치고 있다

산봉우리에서
빠르게 내리닫는
솔바람이
폭포와 새 울음 등에 지고
갈대숲을 흔들어댄 다음
뒷벽 열린 대청마루로
사정없이
밀어 닥친다

마루 한가운데서
뿔뿔이 도망치는
무더위 부대

여름마다 생각나는
고향 대청마루

Summering

On all sides a sultry unit is encamping.

A pine-smelling wind running down

From mountain's peak,

With a burden on its back

The sound of water-fall and the birds,

Shaking the field of reeds,

Is thrusting into the floor with back-wall open.

From the center of the floor

That sultry unit is escaping,

Getting scared out of its wits.

The open floor of my native home

I want to visit every summer.

가을맞이

아침저녁 서늘한 이마이다
하늘이 더 푸르게 보이고
생각의 둘레가 시원해진다

낌새 챈 날개들은 이별을 채비하고
해 저문 오케스트라 연주에 바쁜
풀벌레와의 만남이다

깊은 밤 물들기 시작한 달빛이며
개울에 갈앉아 쉬고픈 시든 나뭇잎이다

The Fall Welcome

In the morning and evening

It is a cool forehead.

The sky looks blue deeper,

The round of thinking goes to feel refreshed.

The feathers having senses are ready to depart.

There is a meeting with grass insects

Which are busy in playing orchestra at sunset.

In deep night

It is the moonlight beginning to take color.

In the stream,

They are the faded leaves wishing to sink and rest.

가을 꽃

예정된 이별의 내음

영정 주위에 서성이다
돌아서는 향불

장례식장 가득
석별의 눈자위에 맺힌
매캐한 눈물 꽃

Autumn Flower

The smell of fare-well anticipated.

An incense coming back,

Wandering around portraits.

A flower of smoky eye-drops

Made on the fringe of egress

At the place of funeral ceremony.

낙엽 여행

가을 끝 가지마다
숙명의 품 떠나는
마른 잎들의 바람 여행

여름 내내
가슴에 새긴 노을로
붉은 열정과 노오란 추억을
배낭에 짊어진다

파란 하늘 삼킨 코스모스와
눈인사하고
떠나가는 영혼을 에워싼
국화 행렬에 손짓하고
가을 앓는 시인의 어깨 위에서
위로의 몸짓 바삭인다

여정이 끝나는 흙두덩 기슭에
웅크리고 있다가
어느 두메산골 노부부가

한평생 지펴온 삶의 아궁이에

슈베르트의 나그네로

겨울 내내 타오르리

The Trip of Autumn Leaves

Out of every twig of fall,

There appears the wind trip of autumn leaves

Departing from the chest of fate.

Through the summer,

Having sunset in the heart,

They are carrying in the rucksack

Red passion and yellow longings.

Eye-contact greeting

With cosmos swallowing blue sky,

Showing hand's sign to chrysanthemum

Surrounding the leaving spirit,

They rustle the gestures of comfort

On the shoulder of the poet who is sick of fall.

They have curled up at the hollow in the end of journey

And will go into a fuel hole where in a mountain village

An old couple have made a fire all through their career

And burn as Schubert's wanderer through the winter.

겨울 버스

허기 채우고저 어깨 떨며
새벽 별 뒤로 하고
마악 떠난 겨울 버스

창가에 성에 낀
버스 앞자리 한 구석에
찬밥 한 술처럼
쪼그려 앉는다

입김 뿜으며 달리는
버스의 이마에 맺힌 땀
훈훈해진 버스의 심장은
차츰 열기를 더해 가며
도시락 얹혀놓은 난로처럼
찬밥들을 데운다

한 가닥 의지로 따스해진 밥술들
너의 허기를 달래며
삶의 의욕을 지펴줄
희망의 불꽃

The Winter Bus

Shivering shoulders to appease hunger and
Leaving the morning star behind,
The bus in winter just left.

At the corner of the front in the bus
With the frosted windows,
I sit down like a spoonful cold meal.

Blowing up the mouth breath and
Being in a sweat on the forehead,
The running bus, of which
The heart is becoming warmer and warmer,
Is making finally the cold meals on it hot
Like the stove warming lots of lunch boxes.

The warmed spoonful meals
Within the will of one strip
Might be the flame of hope
Which would alleviate your hunger
And make a fire on your desire of life.

함박눈

어깨 움츠린 빈 가지 위에
폭신한 솜꽃이
피고 있다

창가에 홀로 서서
기억 저편 어딘가에 저며 둔
그리움의 빗장을 여노라면
잊혀진 이들의 따스한 음성
가지에 소곤거리며
하나 둘 피어난다

해빙解氷의 함박꽃 뭉치들
얼어붙은 가슴을
솜이불처럼 녹인다

A large flakes of snow

Over the naked tree

Of which the shoulder is shrunken

Soft cotton flowers are blooming.

Standing lonely at the window,

When I open the cross-bar of longings

Which have been under memory somewhere,

The warm voice of people I have yearned for

Comes up and whispers to the branches

And one by one blooms.

Bundles of large snow flowers in thaw

Are warming up the frozen hearts

Like a cotton quilt.

얼음 꽃

잿빛 하늘 갈바람
황토 흙먼지 날리는 강가에
머리 헤친 엄니의
갈기갈기 칼 가슴에
갓 스물 누나의 넋이 울고 있다

봉우리째 시든 붉은 한
얼음 꽃으로 내려앉는 강가에서
나는 지금
채 피우지 못한 누나의 넋을 주워
엄니의 찢긴 가슴을 꿰매고 있다

Ice Flower

In the fall-wind under gloomy heaven,

At the riverside dust of yellow earth in rising,

The spirit of sister, just aged 20, is crying

In the painful chest of mom with disarranged hair.

On the riverside where

A red grudge with just withered bud

Is falling down like ice flower.

Now I'm collecting the un-blossomed spirit of sister

And sewing therewith mom's broken heart.

플루의 겨울

엘니뇨 병에 걸린 지구가
플루까지 겹쳐
시도 때도 없이 훌쩍거린다

지금 지구는
하늘이 뭉텅 내려앉아
죽음의 마스크를 쓴 플루 바람과
그 바람에 거덜 난 떼죽음 세상

빛이 바래진 홀몸의 태양이
마침내 눈물을 흘린다
어떻게든 이 겨울을 이겨내려고
입술을 앙다물고 있다

겨울잠 설치는 곰의 심장과
귀를 감춘 거북의 사색과
기지개 켜고픈 새싹 눈들에게
젖 먹은 힘까지 다 쏟아붓는
태양의 마지막 입김이 과연

다음 계절의 희망으로

움츠린 어깨를 펴줄 것인가

Winter of the Flu

The earth in sick of El Nino sniffs often

Together with the flu.

The earth is now in both the wind of the flu

Together with the mask of death

From the falling down of the large part of heaven

And in the world of mass dead by that wind.

The lonely sun of dim-light weeps finally and

Bites lips firmly to overcome at any rate this winter.

To the heart of bear having bad winter sleep,

To the thoughts of tortoise hiding its ears

And to the sprouts wishing to stretch themselves,

The last breath of the sun doing his best with all his power

Might spread the shrunken shoulder

As the hope of next season?

___ 묶음 2

망향의 댓잎들

The Leaves of Bamboos for Homesickness

기차소리

철거덕 철거덕
경사진 커브 길 돌아가는
기차 소리
숨이 가쁘다

해방 다음다음 해
발룡산 할머니 눈가에 맺힌
별빛 한숨 곱씹으며
삼팔三八선 넘어온지
70년 남짓 세월

그 발룡산 향해
나란히 눈길을 모으신 채
망향의 붉디붉은
불면의 부모님 산소에
흰 머리의 형제자매들이 모여
고향 사투리 섞어가며
통일을 이야기한다

철거덕 철거덕 기차소리
고향 숨소리

Sound of Train

Cheolguduk cheolgulduk,

Sound of train going around

The slanting and curved way is panting.

After two years of liberation,

Meditating the breath of star light formed

At the fringe of grand-ma's eyes,

It has been almost 70 years

Since we moved through the 38th parallel in south.

Around the dark-red tomb of non-sleeping parent

Focusing on Ballyong Mt.* side by side

Longing for home are getting together

White haired brothers and sisters and

Talking about unification with home-dialect.

Cheolguduk cheolguduk

Sound of train seems

The breathing sound of my home town.

* Ballyong Mt. : A name of mountain near Hamhung

기차소리 (2)

철거덕 철거덕

저 기차소리

가슴 깊이 저며오는 것은

심장의 소리를

백 배 넘게 확대한 까닭이지요

오늘 만약

휴전선 달리는 기적소리 있다면

이는 아마도

칠천만 동포의 염원을 모은

고향의 심장이

터지는 소리이리라

Sound of Train (2)

Chulguduck, chulguduk,

In my mind the sound of train pumping

Must be thousand or ten thousand times

Of that heart.

If there's siren of train over DMZ today,

It must be the sound of heart-bursting

Of home-town, collecting 70 million people's desires.

동해 기약

고향에 잇닿은

동해를 보라

같은 하늘 아래 그어진

남북의 경계가

노인의 한숨처럼

아득하기만 하다

남에 가이

자리 잡구서리

꼭 다시 오우다

한 생이 저무는

삶과 죽음의 분계선에서

구순을 넘긴 노인의 동공(瞳孔)에

고향 명사십리가 물결친다

날래 오기요*

날래 오기요

파도의 외침 같은 쉰 메아리

노인은 눈을 감지 못한다

* 날래 오기요 : '빨리 오세요' 의 함경도 사투리.

The East Sea Promise

See the east sea connected to home-town!

The boundary between south and north

Lined under the same skylight,

Looks far away like an old man's deep sigh.

When you go south

Please come back on settling down.

At the border-line between life and death,

At the last time of his career,

Waves his home-town's beach (called Myungsashibri)

On his pupil over ninety years old.

"Nalrai Ogiyo" *

"Nalrai Ogiyo"

In a hoarse echoes like wave's shout there

Still he can't close his eyes.

* Nalrai Ogiyo : come back soon.

망향의 댓잎들

개울가 발목까지 잠긴 대숲
마악 잠든 산에 내려와 휘감는 바람들
창호지 가득 울어대는 댓잎의 실루엣

달빛 젖은 선산의 멍석자리 뒤로 하고
모진 속앓이 짓무른 세월의 편에 서서
유언처럼 기다리는 망향대望鄕臺 너머
다시금 하루 해는 탄식의 나이테를 긋다.

고향 개울가에 정겹게 손사래짓하던
지금도 신음 짓는 그 의미의 댓잎들
굽어진 허리 온 통증에 절룩거리며
밤낮을 부릅뜨며 기다리고 있다.

먼저 시든 잎들 눈자위에 심으면
아직도 일렁대는 망향의 푸른 추억들
녹슬어 퍼져 앉은 귀향열차의 등허리를
이 달구어진 밤까지

태풍으로 밀어붙이는 꿈을 꾼다

The Leaves of Bamboos for Homesickness

A lot of bamboos were sunken near ankle at brook.

By the winds going down from mountains that just slept,

The silhouettes of those leaves are crying

At the whole window paper.

Leaving the straw-mat of ancestral burial ground

Wet by the moonlight behind,

Standing at the time and tide mashed

By the severe internal illness,

Above the observation platform of homesickness

Waiting like a family will,

Daily sun marks again annual-ring of lamentation.

The meaningful bamboos' leaves,

Showing hand's sign at the brook of my birthplace

And still moaning and limping with bent and painful waist,

Are waiting through day and night with glaring eyes.

Once planting those dried leaves in the fringe of eyes,

I see the blue remembrances of homesick rolling still.

Also I'm dreaming in this hot night

That the rusted back of going home trains

Is being pulled bound to north by the typhoon.

아날로그 기차

네바다 사막 한가운데
거북이 걸음의
화물 열차가 오고 있다
고속도로와 무관한 듯
옛 모습 그대로

내일 만날 것처럼 떠나온
70여 년 짓무른 빈 가슴인데
고향 가는 길은
꿈속에서나 성묘해 보는
잘려버린 철길이다

마음이 부서지고
허리가 동강난
전혀 다른 세상이 만나
지구촌 눈길 한데 모으며
폭포처럼 무너지던 날
나는 종일

아버지의 경련을 삼켰다

네바다 사막 한가운데
오늘도 지나간다
아다지오 발걸음의
아날로그 기차가

An Analog Train

Through the Nevada desert

A freight train is coming with tortoise's steps

And as in style of old days,

As if having no concern with free-way.

Just as if getting together next day,

We have left home over 70 years

In vain heart of oozes from painful wounds

And now the way to home town is a railroad broken,

Visiting ancestor's graves only in dream.

On the day when the quite different worlds

Which have been cut in waist and sick in heart

Met together, breaking down like a water-fall

I've swallowed father's convulsions all through the day.

Now is an analog train with adagio steps

Passing by through Nevada desert.

파도

원래 그는 낙원을 둘러싼

에덴성의 평범한 나팔수였다

아침저녁 나팔을 불던 그는

성주처럼 될 수 있다는 꼬임에 빠져

사탄의 깃발을 치켜들다가

양팔이 잘려나간 채

에덴의 성곽을 에워싼

천애의 바다로 쫓겨났다

돌이킬 수 없는 운명 앞에

눈물과 고독의 바닷가를 떠돌며

모질고 오랜 세월

회오리에 담은 일자—字 춤사위와

바위에 무릎 뼈를 부딪는

아픔으로 살아왔다

성루에서 두손 모아

힘차게 악기를 불던

태생적 그리움은

수천 수만의 하얀 헛꽃 나팔 되어

육지와 마주치는 곳마다

부서지고 또 부서진다

구원의 에덴성에의

회귀를 꿈꾸며…

The Wave

Once he was a plain trumpet player

Of Eden Castle that surrounded paradise.

He, blowing trumpet morning and evening,

Was tempted by Satan that he could become

Castle owner by his raising Satan's flag,

But he was condemned to cut off his two arms

And exiled to the sea near cliffs surrounding Eden Castle.

Realizing the irrevocable destiny,

He was wandering the sea of tears and loneliness

Through the straight dance in whirlwind

And has lived for thousand years of hardships,

Bumping against rocks with knee-bones.

The born missing of which he blew trumpet

Vigorously In his strong two hands

Has become thousands of thousands trumpets

Made of white tongue flowers

And has been broken and broken

On everywhere the land is.

Dreaming the return to Eden Castle of rescue….

미역국

미역국이 끓는다
피어나는 바다내음

바다가 보이고
등대가 보이고
파도가 보이고
섬 하나 보인다

외딴 섬에서
미역을 캐는
엄마의 손가락이 보인다

옹기종기
엄마의 몸뻬자락에 매달린
4남매의 여린 손가락들도

Sea-Weed Soup

Where in boiling sea-weed

There's a rising sea-smelling.

The sea is seen,

The light-house is seen,

The waves are seen,

One island is seen.

Now is seen the fingers of mom

Catching sea-weed on the lonely island.

There have been seen

The little fingers of 4 kids hanging

Densely mom's pants named mompe*.

* mompe : Japanese style woman's pants

모국어

자궁에서 익힌 체온의 소리다

자궁 밖 첫마디는 엄마다

살아가면서 자라는 몸의 언어다

얼의 글을 쓰는 절대 기쁨이다

다른 나라에 가봐야 깨닫는 절실한 그리움이다

개도 알아듣는 감격의 제스처다

목숨 같은 존재의 뿌리다

My Mother Tongue

It is the sound of temperature matured in the womb,

The first word out of the mother's womb is 'Umma'*,

The body's language in living and growing.

It is the ultimate joy of writing spirit,

In foreign countries the serious longing perceiving,

The emotional gesture of dog understanding it.

Like a life it is the root of being.

* Umma : means mommy

바람의 책 세상

Book World of the Wind

바람의 책 세상

첩첩 산줄기
바다 하늘은
위대한 책갈피다

책갈피마다
책내음을 흩뿌리는
바람이 있다

기차를 탄 나는
휙휙 지나는 바람 속에
창밖의 풍경을 속독한다

호젓한 밤길에서는
밤바람이 실어온
칸트의 별을 읽는다

바람은
숱한 이야기를 귀에 담고 와
나의 안팎을 불어대는 문장이다

잠시라도 바람을 쏘이지 않으면

나는 죽은 목숨이다

Book World of the Wind

The continuous mountains,

Seas and skies

Are the great books' leaves

Wherein the wind scattering the smell of them is.

I read quickly the running scenery out of window

Of the running train in a speedy wind.

At the lonely road in the night

I read the stars of Kant carried by the night wind.

The wind bearing lots of stories in its ear is

A sentence blowing in and out of me.

If for a moment I have no wind

Let me die.

모래시계

생멸生滅을 함께 아우르는 지혜

산을 뒤엎어버리는 함몰

함몰을 딛고 솟아나는 산山

A Sandglass

The wisdom that affords life and death.

Sinking where the mountain is falling down,

The mountain is rising, stepping on sinking.

떠날 채비

손전등 비추며 더듬어 가는
미지의 동굴
문득문득 어둠의 세계가
압도하더군요

맨바닥에 가부좌한 후
손전등 끄고 잠시 눈을 감았지요
신기하게도
순간 화면처럼 내가 보이는 거 있지요

지금껏
손전등 불빛 같은 짧은 시간을 살면서
탁구공만한 공간 속에
축구공보다 더 큰 욕망을 채우려고
이리저리 늘어놓은 이삿짐 같은 나

잠시 빌려본 죽음 앞에서
환한 생각 하나가
꾸짖듯 나에게 묻습니다

언제든 나비같이

홀가분한 여장을 꾸려

떠날 수 있느냐

너는…

Ready to Leave

In the unknown cave where I, flashing light,

Grope my way,

Overwhelms the world of darkness

Unexpectedly.

After I sit down on the ground

I turned off the flashlight

And for the time-being closed eyes,

I see myself marvelously

Like a screen in a moment.

Living, until today a short time like flashlight,

I've tried to fill the big size of desire such as football

Into a size of table tennis ball

And find myself scattered like personal effects

Here and there for house moving.

Facing with the death borrowed instantly,

A bright image gives me a scolding question

That I could leave anytime as freely as butterfly

With a very light travel packing.

사립문

시의 사립문 밖에 서성이다가

그 사립문 안에 들어서니

나의 안팎이 들여다보이고

세상 모든 것이 새로워 보이고

숨소리조차 달라져 있다

A Twig Gate of Poem

Out of a twig gate of poem

I've walked back and forth.

After I came in that gate

I can see inside and outside of me.

All things of the world look new

And even the sound of breathing

Has different tone.

별빛 하나

저 높고 머언 곳에
아직 사라지지 않고
가물거리는 별빛 하나

숨 쉬는 것이고
살아있는 것이고
나처럼 몸이 아픈 것이고
눈시울 뜨겁도록
외로움을 나누고픈 것인가

One Star-light

There is a dim star-light high up and far in the air

That is still not disappearing yet.

It is breathing, alive and sick like me,

It wishes to talk moreover and share the loneliness

Until being moved to tears.

아가를 보아라

자주 자주
아가를 보아라

너도 나도 한 때는
아가의 손이었고 발이었고
손가락 발가락이었다

세상의 바람을
한 번도 잡아본 적이 없는
그 손가락 어디에

세상의 굴곡을
한 번도 걸어본 적이 없는
그 발가락 어디에

슬픔이 있고
고통이 있고
미움이 있더냐

다시금 아가를 보아라

아가의 손발을

찬찬히 보아라

See Baby

See baby ever so often,

You and I were once baby's hands and feet,

And fingers and toes thereof.

We can't find sadness, pains and hate

In the fingers that never catch the wind of the world,

In the toes that never walk on the bent of the world.

See baby again,

See their hands and feet thoroughly.

어머니의 손

아내가 나물을 쥐어짜 달란다
힘 주어 짜본다
손이 시리고 아프다

나를 믿고 맡긴 것이니
시리고 아파도 다시 짠다

그런데 웬일인가
아까처럼 손이 시리지 않다
알아서 외부 자극에 적응하는 손의 체온
더욱 힘 있게 쥐어짠다

문득
어머니의 거친 손마디가 떠오른다
어머니의 한 생은 한결같이
이런 깨달음의 연속이 아니었던가

Mother's Hands

Wife asks me to squeeze wild greens.

While I squeeze them hard,

My hands get cold and feel pains.

Even though my hands feel so,

I do again according to her request and trust to me.

Now what happens?

My hands get not so cold and pains as before.

It's the temperature of hands

That could be fit for outer stimulus.

I squeeze them more powerfully.

Suddenly, I come across mother's rough hands.

Mother's life must be such a continuous perceiving

As I experienced just before.

흐린 달

세상의 슬픔이 명치에 걸려
뿌연 눈이 나를 본다

바다의 적막 속에
눈물의 호수가 되어
언제부터 울고 있으면서
내 머언 기억을 들춰내는 것인지
아직 모르겠다

그 때는
쥐불놀이하던 개구쟁이한테
눈부신 수정바위처럼 덮쳐와
가차 없이 빨아들이던
황홀한 우주였는데

A Melancholy Moon

With the sadness hanging on the pit of the stomach,

Her glimmering eyes look at me.

As a lake of eye-drops in the calmness of the sea,

From when she has been crying and opening

My reminiscences long time ago

Still I don't know.

At that time when I played fire in the can

As a naughty boy,

It was an ecstatic universe that absorbed me

Like a brilliant rock of crystal.

길

평지길 구불 길
오르막길 내리막길

길을 가다가
초승달 그믐달 볼 때도 있으나
보름달 보는 것은 잠깐이다

모든 길이 끊기고
이어지고 다시 끊기듯

어제 만난 우리는
내일 만나기도 하지만
다시 못 볼 길로
영원히 떠나버린다

The Way

The plain way, the zigzag way

And the upward and downward way.

On the way, we have time to see

A crescent moon and an old moon,

But it's very short time to see the full moon.

Every way ends, continues and ends again.

The people we met yesterday

We might meet again tomorrow

Or we all depart for eternal way.

가정의 평화

아내가
내 입맛의 양념을
토닥인다

내 목젖이 제일 반기는
뽀얀 김의 찌개국물
한술 떠
호호 분다

코끝 맴도는
어머니 손맛

얼굴 가득
가정의 평화를
마신다

The peace of family

Wife is patting the spice of my taste.

A steamy spoonful soup

Which my uvula welcomes first,

She blows it several times.

It must be mother's hand's taste

Smelling around nose.

Now I drink the peace of family

With full smile on face.

컴퓨터

지구 끝과 끝에서
오랜 벗과 마주 대하는 반가움
놀랍다

손끝 한 번 실수로
눈 깜짝 사라진 천 개의 추억
무섭다

퍼도 퍼도 무궁무진
가늠 안 되는 바다
광활하다

영혼의 빛과 어두움까지
밝힐지 모를 세계
신비롭다

Computer

From the end of the earth

To the end of the other-side

The joy of facing with an old playmate,

It's wonderful.

One thousand disappeared memories

By mistake of one finger,

It's horrible.

The endless and resourceful sea

Which we never dip out,

It's spacious.

The world that might classify

The light and darkness of spirit,

It's mystery.

수탉

수탉이 처마 위에서
먼동 향하여 목청 높인다

태곳적부터
사람의 집에서 사람의 역사 펼치는
새날의 힘찬 홰 소리

우렁차면서도 아득한 메아리
예나 지금이나
문명의 흐름 속에서도
내 영혼에 꽂히는 것은
대지에 두 발을 딛고
열정의 시간 심어보라는
붉은 메시지 아닌가

The Cock

The cock on the roof

Is raising his voice at dawn.

It is a powerful voice of a new day

That opens the history of man

From ancient times at man's home.

That a resounding and remote echoes

Even in the stream of culture

In the past and present

Still infiltrate of my spirit,

Must be a red message

Indicating to seed the time of passion

By putting two feet firmly on the earth.

무한계

평지에서 보는
하늘의 존재는
앙각仰角의 무한대

산에서 보는
바다 벌판의 존재는
부각俯角의 무한대

마주 보는
사람의 존재는
평각平角의 무한대

일생 동안
무한대의 숲에서
시 한 구절에 몰두한다

The World of Infinity

The being of sky by seeing on earth is

The infinity of an elevation angle.

The being of the sea and the field

By seeing on the mountain is

The infinity of a dip angle.

The being of people by seeing face to face is

The infinity of a straight angle.

In the forest of infinity through the whole life

I'd devote myself to one phrase of a poem.

거울

마주칠 때마다 매우 정직하다

고요하거나 기쁠 때는 마주 보는데
슬프거나 화날 때는 눈을 감는다

행복을 좋아해서
행복의 모습을 크게 해 준다

관조의 빛나는 눈을
제일 반가워한다

내 무덤에 새길 문구를 알고 있다

The Mirror

It's really honest

Whenever I face to it.

It looks at me when I'm calm or joyful,

But closes eyes when I'm sad or mad.

For it likes happiness,

It makes that bigger the image of happiness.

It welcomes most the shining eyes of meditation.

It knows the phrase

Which will be engraved in my tomb.

가지 끝 메시지

잣나무 가지 끝은 바람에 예민하다
실은 바람이 실어온 세상 이야기 때문이다

가지 끝 안테나에 잡힌 이야기들은
줄기 엘리베이터를 타고 내려가
지하층 맨 끝 방
세상 이야기들을 걸러내는
뿌리 깊은 편집실에서 심사를 받는다

거짓과 진실
소유와 존재
삶과 죽음의 최종 관문을 통과하여
새롭게 태어난
오 신비한 새 바람의 메시지여

이제 모태母胎의 나무들과 작별하고
지구촌 끝 작은 어촌과
외딴 산골 집에 이르기까지
바람 시인처럼 전해지리라

Messages of the Branch's Tips

The pine-tree branch's tips are very sensitive to wind,

In fact, to the world stories carried by the wind.

The stories caught by antenna of the branch's tips

Are taken down to the last room downstairs

By the trunk elevator where they are selected

And examined in the deep rooted editing room.

Oh, the new-born and mysterious messages of wind!

Which have gotten through the final barrier of

Truth or false, to have or to be and life or death.

Saying good-bye to the trees of their mother's womb,

Those messages will be conveyed

To a tiny port of world's end and a solitary cottage of

mountain

Just like a wind poet.

아내의 탕약

지금 아내는
눈자위에 기도를 모아
탕약을 짓는 중이다

남편이 내시경 검사 받는 동안
암 진단 받을지도 모른다는 두려움에
마음은 이미 30년 이민 생활 모두 접고
고국의 물 좋고 바람 좋은 곳 찾아
아침 밤낮 없이 산채와 약초를 캐설랑
매운 연기에 눈물을 흘려가면서
후후 탕약을 달이고 있다

검사 마치고 나오는
남편의 손을 꼬옥 부여잡은 아내는
별 이상이 없다는 의사의 한 마디에
명치 끝 까맣게 끓고 있는 옹기 속 탕약을
송두리째 쏟아 버린다
젖었으나 더 없이 빛나는 눈으로

Wife's Medical Decoction

Concentrating a prayer to the fringe of her eyes

Wife is making a medical decoction.

While her husband is under endoscopy

She is afraid that he might be examined to be cancer.

Now she makes a decision to leave USA for Korea

After finishing 30 years' living of immigration.

She looks for a good place with fine water and wind,

Collecting wild vegetables and herbs all day and night.

She is caring to make medical decoction with those mixed,

Weeping with drops by the hot smoke with blows.

Grabbing hard husband's hands coming out after
examination,

By the doctor's word that he would be O.K.,

She has made empty the pottery

Wherein medical decoction is boiling black

At the pit of her stomach,

With the wet but most shining eyes.

찾아온 손님 – 비문증*

어느 날 문득 찾아온 손님

눈을 깜박일 때마다 휙휙

심기를 건드리며

눈앞에서 알짱거린다

가만히 보니 파리 생김새

이동 속도도 매우 날렵하다

아차 싶다

수 없이 맞아죽은 여름날 동족들을 대신하여

이제야 내게 칼을 들이대는 것인가

일정 거리에서

결코 자기를 어쩌지 못함을 잘 아는 손님은

내 시선을 따라 복수의 칼을 휘두른다

어디 잡을테면 잡아 봐 하면서

*비문증飛紋症 : 안구 질환의 하나, 일명 날파리 증

A Guest Recently Found – Floater

A guest recently found in the left eye

Minds me, flickering therein

Whenever I blink them.

I look into it carefully.

It looks like a fly moving very fast.

My goodness!

It must be showing me its knife

For those who were hit to die

Last summer-time by me.

The guest knowing well that

I can do nothing to itself at a distance,

Flourishes its knife by my sight's direction

Saying 'catch me if you can!'

_____ 묶음 4

시조時調

Korean Traditional Lyrics

하늘 길

여객기 달린 길에 하얀 선이 쫓아간다
꼬리 쪽 지워가며 아득하게 사라진다

사라진 저 빈 하늘에
손짓하는 통일 꿈

The Way of Heaven

A white line goes in pursuit of the way of airliner's running,
It disappears far away, erasing part of its tail.

In the vain sky where it disappears,
There looks hand signs of dream for unity.

사순절

뒷마당 소나무등걸 가만 가만 만져 본다
십사처十四處 고단함이 마디마디 새겨져 있다

구원의 십자가의 길
어떤 아픔도 견디리

Lent

Silently I touch the stumps of pine tree in the backyard.
The fatigues of 14 stations were carved on every gnarl.

Thinking of the way of the cross for salvation,
Any pain could be accepted.

물질 풍선

물질의 풍요로움 풍선처럼 솟았으나
정신의 자존심은 바늘처럼 날카로워

바늘 끝 일시에 사라질
풍선 같은 물질계

The Material Balloon

The material abundance towers

Like a balloon against the sky,

But the proud of spirit becomes sharp like a needle.

By the end of a needle the material world

Will be disappeared quickly.

감자

까맣게 구운 감자 입 안 가득 목메임은
먹을 것 변변찮던 어린 시절 그 설움이

굶주린 전분澱粉의 그리움
맥주 캔처럼 터뜨린다

Potato

Mouthful choke is caused by baked black potatoes

And by the sorrow of childhood

At the time of poverty.

Now I open the longing for the hungry starch

Like a beer can.

누나의 묵주

한 핏줄 먼저 보내 가슴 찢은 모진 세월
당신이 하실 일은 애오라지 기도라고
검붉은 상흔의 묵주알
영혼 깊이 새긴다

황금 빛 저녁노을 모자이크 창가에는
무지개 채색들이 앞 다투어 비춰대는
묵주에 조명된 광채
누나만의 자서전

Elder Sister's Rosary

What a heart-broken time it has been,

Losing a member of family!

For her mandatory work is only praying,

She engraves beads of dark red scar

Deep in her spirit.

By the mosaic window of golden-light sunset

Are there rainbow colors competing to shine first.

The splendor spotlighted to rosary is

Only elder sister's autobiography.

해돋이

시간이 멈출 듯이 산의 이마 붉어온다
정념을 향해 날린 큐피드의 불화살처럼

그리움 이전의 언어
활활 타는 저 불길

Sun Rise

Just like time stops short,

The forehead of mountain turns red

Such as a flying arrow of Cupid aiming at passions.

It might be the language previous longing

And still burning flame.

땅을 열며

이른 봄 여는 땅은 삽질마다 생명이다
호흡이 자유로운 비발디의 사계처럼

봄맞이 흙내음 솔솔
생명 넘친 봄향기

Spading the Earth

To spade the earth every time in an early spring is life
Like Vivaldi's 'Four Season' with free breathing,

It is a soft smell of the earth welcoming spring
And a vivid spring scent.

세심洗心

손바닥 씻으면서 거울속의 얼굴 본다
얼굴에 그려져 있는 마음속 들여다 본다

욕심의 먼지투성이인
마음부터 씻는다

Cleaning Heart

When I wash my hands I see my face in the mirror.
I look into the mind reflected on the face.

I wash the greedy mind first
With lots of dust.

눈물

한 생명 태어날 때 첫 울음 방울 방울
세상살이 고달픔을 일찌감치 겪으라고
하늘이 인간을 통해
처음 보인 참 모습

사노라 때꾹진 마음 빨래하는 여울인가
시 같은 방울 눈물 소설 같은 줄기 눈물
만감이 얼룩진 폭포
파노라마한 인생

어느새 말을 잃은 그리움의 절벽 같다
전망대 난간에서 멍멍 가슴 오랜 세월
상봉의 눈물의 바다는
하늘 전시회 출품작

가슴 연 깊디깊은 너와 나의 교감이다
울면서 다시 걷는 인생의 노정이다
사별死別의 순간 흠뻑 적신
하늘나라 손수건

Tears

Tear drops from the first crying when life is born
To experience hardship of the world earlier,
The first real image
The heaven shows through human-beings.

Is it the stream that washes dirty minds of living?
Drops of tears like poem, ceaseless tears like novel,
A water-fall of thousand sentimentalities,
A panorama of one's life.

It's almost like a wordless and longing for cliff,
A long absent minded time on the hand-rail
Of observational platform.
The ocean of tears of meeting for dispersed families
Is one of the works of exhibition in the heaven.

It's an open-minded and deep sympathy
Between you and me,
The way of life with walking again in weeping,
The handkerchief of heaven wet thoroughly
At the time of separation by death.

바람의 귀, 바람의 소리

이 윤 홍

이일영 시인이 첫 번째 시집을 상재한다. 그동안 시를 써오면서 귀하게 모아두었던 마음을 하나로 묶는 것이다. 놀라운 것은 이일영 시인이 고희古稀에 들어선지 여러 해가 지났고 시를 쓰기 시작한지는 다섯 손가락으로 헤아릴 수 있는 신인이라는 점이다. 고희古稀의 신인이라, 얼마나 놀랍고 신선한 충격인가. 이렇게 생각할 것이다. 참으로 늦게 시와 만난 이일영 시인은 정말 시詩의 중심中心에 이를 수 있을까? 이것은 한갓 기우杞憂에 불과하다. 이일영 시인은 이미 고래로 드문 나이에 이르렀고 뜻대로 행해도 어긋남이 없는 경지에 이르러 시를 만나기 이전에 이미 시詩의 마음에 닿은 시인이다. 보이는 모든 것이 시詩고, 들리는 모든 것이 시詩고, 느끼고 생각하는 모든 것이 시詩다.

이일영 시인의 시집을 펼치는 순간 우리를 사로잡는 것은 천지를 회오리치는 '바람'과 '멋'과 '향수'와 '사랑'이다. 시 한 편마다 바람이 들어 있다. 멋이 들어 있다. 향수와 사랑이 들어 있다.

이일영 시인의 모든 시어詩語는 솔직 담백하다. 단어 하나하나가 자신의 의미를 있는 그대로 드러낸다. 심지어 시 곳곳에 담겨 있는 날카로운 은유 속에서도 맑은 바람은 제 모습을 그대로 드러내고 나뭇잎의 속삭임도 꾸밈없이 들려온다. 그럼에도 이일영 시인의 시가 우리의 마음을 사로잡는 것은 놀랍게도 신인에게서 기대되는 시인의 뛰어난 참신한 상상력이다. 그 세계를 만나는 즐거움이 가득하다.

이일영 시인은 귀가 어둡다. 한쪽 귀만 어두운 것이 아니라 양쪽 귀 모두 어둡다. 귀는 소리와 밀접한 관계가 있기 때문에 귀가 어둡다는 것은 소리를 놓친다는 말이다. 인공보조물인 보청기를 양쪽 귀에 끼고 있지만 보청기보다는 바람의 귀에 더 의존하여 자신의 귀가 놓치는 소리에 귀를 기울인다. 바람의 귀를 달고 바람이 들려주는 사연을 들을 때 이일영 시인은 자신의 주변에 있는 사물을 느끼기 시작한다. 사물뿐만이 아니다. 바람의 귀를 통하여 비로소 삼라만상과 교류하며 일체를 이룬다.

티베트 불교에서 바람은 영혼을 상징한다. 눈에 보이지도 않고 손에 잡히지도 않지만 바람의 작용은 우리가 분명히 느낀다. 눈에 보이지 않는다고 해서 없는 게 아니라는 말이다. 오히려 보이지 않음으로 해서 그 실체가 뚜렷하다. 영혼은 육신과 정신세계에서 가장 으뜸에 있는 것이다.

바람의 귀를 단 이일영 시인은 바람의 귀가 들려주는 영혼의 소리와 함께하면서 바람의 귀로 듣고 느끼고 바라보는 눈을 통해 시인의 내면에 숨어 있는 서정성抒情性을 끌어 올려 한 편의 아름다운 시詩를 직조織造한다. 이것은 시인의 천성이 자연친화적이고 사계四季의 변화에 순응하며 만물조응萬物照應하기 때문이리라.

첫 시집을 상재하면서 이일영 시인이 시집의 제목을 '귀 달린 바람'으로 정한 이유를 이렇게 서술하고 있다.

> "저의 시의 대표적 주제는 시집 제목처럼 '바람'입니다.
> '장님이 보통 사람보다 더 잘 본다!'는 말이 있지요.
> 물론 내면세계이겠지만서도….
> 양쪽에 보청기를 낀 제가 더 잘 사물을 느끼기 위해서는
> 온갖 사연을 실어다주는 바람에 귀를 기울이는 것입니다.
> 머릿 시의 춤바람, 노래 바람, 사계절이 독특한 자기의
> 소리를 내며 지나가는 소리, 바람에 실려 오는 기차 소리
> 고향 숨소리, 바람의 冊세상…. 과거와 현재 미래를 관통하며
> 모든 외적이고 내면적인 세상이 보이지 않는 바람에 실려와
> 저에게 이야기하여 주고, 나아가 세계와 우주의 역사를
> 새롭게 창조하는 것도 바람이라고 믿으며, 계속 다루어야 할
> 소개라고 믿습니다."

과거, 현재, 미래를 관통하면서 동시에 외적이고 내면적인 세상을 이야기해 주고 나아가 세계와 우주의 역사를 새롭게 창조하는 것도 바람이라고 했다.

'묶음 1 – 사계절'에 수록되어 있는 이일영 시인의 '귀 달린

바람'에 귀를 대어 보자.

산책길은 혼자가 아닙니다
나는 늘 반가이 맞아주는 바람에 귀를 기울입니다
바람은 귀와 어깨에 담은 이야기들을 휘휘 돌리며 다가옵니다
분명 그 너른 어깨만큼이나 귀도 큰 것 같은데
입은 작으면서 하나밖에 없는지 매번 고유의 소리를 내곤 합니다

귀와 가슴 팔다리가 제 각각인 나무들이
각기 팔을 뻗쳐 하늘에 올리는 화음의 성가들이며
아기 새 뒷바라지에 종종거리며 바쁜 어미 새들의 이중창 사중창이며
거대한 숲이 내세우는 계곡의 빠른 반주와 우렁찬 폭포의 트럼펫 소리
미루나무 줄지어 춤추는 강물의 발라드는 물론
벼랑에 용솟음치는 파도의 카프리치오가 맞닿은 수평선
그 위로 쏟아지는 햇빛의 강렬한 환상곡까지 모두
바람의 어깨에 실려 베토벤 교향곡으로 다가옵니다

이제 바람은
내 생각의 귀퉁이부터
내 안에 오가는 사단 칠정四端七情*의 굴곡까지
열린 귀로 들어주고 어루만지며 함께 노래해줍니다

나의 산책길은 혼자가 아닙니다
귀 달린 바람과 함께 걷습니다
그와 함께 걷는 산책길은 내가 살아가는 절대 기쁨입니다

* 사단칠정四端七情 : 仁義禮智의 사단과, 喜怒哀樂愛惡慾의 칠정

– 「귀 달린 바람」 전문

이일영 시인의 바람은 자연의 바람에 뿌리를 두고 있지만 자연의 바람에 한정되어 있는 것은 아니다. 이일영 시인의 바람은 귀가 달린 바람이면 그것이 어떤 것이든 간에 시인의 귀가 된다. 이 온갖 종류의 바람의 귀 속에서 '멋'이 솟아나고 '사계절'이 펼쳐지고 '망향의 댓잎들'이 솟아난다. 그리고 '바람의 책 세상'이 펼쳐지고 '시조'가 낭랑하게 들려온다.

여기 정말 하나의 '멋'이 기가 막히게 멋진 '멋'으로 등장한다.

노래와 춤이어라
서리서리 한恨과 한을 싸안는
몸부림의 판소리
탈춤 타령 어우르는
멋 가락의 춤이어라

곡선이어라
비색翡色의 고요 속에
무상無常의 아름다움이
물소리처럼 유연한
청자靑磁의 멋이어라

우리의 얼은 채하諧謔의 정이어라
미운 정 고운 정 목구멍 가득
번뜩이는 익살과 달관達觀을
다 삼킬 때까지 포기 않는
인고忍苦의 끈끈한 정이어라

노래와 춤 곡선의 여유

해학의 정은
한 가닥 한 가닥 꿰매어진
우리의 멋이어라
풋풋한 구슬 땀 진정 아끼는
영혼의 화기和氣이어라

내안에 너를 네 안에 나를
감싸 안는 화기의 얼은
세상에 고루 고루 스며야 할 멋

홍익弘益의 뿌리에서
면면히 피어나는
참 평화와 사랑의 멋이어라

－「우리의 얼은 멋이어라!」 전문

이일영 시인은 미국으로 건너온 지 30년이 된다. 미국에서 보낸 시간이 길다. 그래도 시인이 태어나고 자라난 한국에서 보낸 시간보다는 짧다. 시인은 자신이 태어나고 자라난 한국에서 더 많은 시간을 보냈다. 한국의 정서가 몸과 마음 구석구석에 가득 차 있는 시인이다. 그 정서는 이일영 시인의 뿌리이며 주체다. 이곳 미국에서 주류와 동화同化하고 주변의 모든 자연과 어울리며 주변의 환경 속에서 시의 영감靈感을 받고 있지만 마음 속 깊이 변하지 않는 한국 정서가 있음으로 해서 이일영 시인의 시는 탄생한다. 그것은 본향本鄕으로의 영원한 회귀回歸다.

시집의 '묶음 2 － 망향의 댓잎들'에 수록된 시 여덟 편은 모두 고향에 대한 시다.

시인은 철거덕 철거덕 거리는 기차소리를 고향 숨소리로 듣는다.

오늘 만약/ 휴전선 달리는 기적소리 있다면/ 이는 아마도/ 칠천만 동포의 염원을 모은/ 고향의 심장이/ 터지는 소리일 것이라고 시인은 말한다. 그 말의 소망이 '동해 기약'에서는 고향에 대한 절규로 나타난다. 밤낮을 눈 부릅뜨며 기다리고 있는 '망향의 댓잎들'하며 네바다 한가운데를 지나가는 아날로그 기차를 바라보며 잘려버린 철길을 떠올리고 아버지의 뜨거운 경련을 삼킨다. 태생적 그리움이다. 그리고 마침내 시인은 '모국어'에서 모국어를 '목숨 같은 존재의 뿌리'로 인식한다. 모국어는 인간 정체성 확립에 절대적인 역할을 한다.

이일영 시인이 자신의 시를 손수 번역하여 함께 실었다. 아주 매끄럽고 한글의 맛을 그대로 잘 담았다. 이보다 더 뛰어난 번역을 찾아볼 수가 없다, 우리 시를 읽다가 다시 영어로 번역된 영시를 읽는 맛이 색다르다. 그러나 아무리 그러해도 우리 시의 깊은 맛에 비하랴. '가나다라', '아이우에오'에서 우러나는 모국어의 맛을 어찌 영시가 따라올 수 있겠는가. 이일영 시인은 그 미묘한 차이를 잘 깨닫고 있는 시인이다. 그렇기 때문에 이일영 시인은 모국어를 '목숨 같은 존재의 뿌리'로 받아들이고 있는 것이다.

자궁에서 익힌 체온의 소리다
자궁 밖 첫마디는 엄마다
살아가면서 자라는 몸의 언어다
얼의 글을 쓰는 절대 기쁨이다
다른 나라에 가봐야 깨닫는 절실한 그리움이다
개도 알아듣는 감격의 제스처다

목숨 같은 존재의 뿌리다

– 「모국어」 전문

망향에 대한 그리움이 절절하다고 해서 향수에만 젖어 있는 것은 아니다. 모국어가 목숨 같은 존재의 뿌리라고 해서 진지하고 엄숙한 사제의 마음으로 모국어를 대하는 것만은 아니다. 고향의 그리움 속에도 멋이 있고 모국어에 대한 진지함 속에도 유머가 들어 있다. 그것들은 모두 바람의 귀가 들려주는 소리다. 바람의 귀를 빌려 주위의 사물의 소리를 듣고 소통하는 일은 오직 시인만이 할 수 있는 일이다.

'묶음 3 – 바람의 책 세상'을 펼쳐보자.

첩첩 산줄기
바다 하늘은
위대한 책갈피다

책갈피마다
책내음을 흩뿌리는
바람이 있다
기차를 탄 나는
휙휙 지나는 바람 속에
창밖의 풍경을 속독한다

호젓한 밤길에서는
밤바람이 실어온
칸트의 별을 읽는다

바람은
숱한 이야기를 귀에 담고와
나의 안팎을 불어대는 문장이다
잠시라도 바람을 쏘이지 않으면
나는 죽은 목숨이다

– 「바람의 책 세상」 전문

시인의 바람은 바람의 어깨만큼 큰 귀가 달린 바람이며 숱한 이야기를 담고 와 시인의 안팎을 불어대는 바람이다. 시인은 잠시라도 바람을 쏘이지 않으면 자신은 죽은 목숨이라고 단언한다. 만일 시인의 양쪽 귀가 어두워지지 않았다면 시인은 귀 달린 바람을 결코 만나지 못했을 거라는 생각이 든다. 그렇다면 시인의 양쪽 귀가 어두워지기 시작한 것은 어쩌면 이일영 시인을 시인으로 이끌어주기 위한 보이지 않는 분의 은혜로운 손길일지도 모른다. 그것은 개인의 고통 속에 드러나는 은혜이며 축복이 될 것이다. 그 축복과 은혜와 감사를 시인은 고스란히 아내에게 바친다.

지금 아내는
눈자위에 기도를 모아
당야을 짓는 중이다

남편이 내시경 검사 받는 동안
암 진단받을지도 모른다는 두려움에
마음은 이미 30년 이민 생활 모두 접고
고국의 물 좋고 바람 좋은 곳 찾아
아침 밤 낮 없이 산채와 약초를 캐설랑

매운 연기에 눈물을 흘려가면서
후후 탕약을 달이고 있다

검사 마치고 나오는
남편의 손을 꼬옥 부여잡은 아내는
별 이상이 없다는 의사의 한 마디에
명치 끝 까맣게 끓고 있는 옹기 속 탕약을
송두리째 쏟아 버린다
젖었으나 더 없이 빛나는 눈으로

– 「아내의 탕약」 전문

　시인이 내시경을 받는 동안 아내는 노심초사 마음을 졸인다. 아직 결과가 나오지도 않았는데 30년 이민 생활 모두 접고 고국으로 달려간다. 고국산천을 두루 찾아다니며 물 좋고 바람 좋은 곳의 약초를 캐온다. 태평양을 건너 캐온 약초를 아내는 매운 연기에 눈물을 흘리며 정성스럽게 탕약을 달인다. 그 모습을 말없이 바라보는 시인의 마음에 오직 감사와 사랑뿐이다. 그러나 그 표현은 어찌 이렇게 간결한가. 이상 없다는 의사의 한 마디에 옹기 속의 탕약을 미련 없이 쏟아버리는 아내. 아내의 두 눈은 젖었으나 더 없이 빛나고 있다. 그 모습을 바라본 시인은 아내의 두 눈에서 사랑을 읽는다. 그 사랑은 시인이 고스란히 아내에게 바치는 감사와 은혜로운 마음이기도 하다. 이 시를 읽으면서 고사성어 하나가 떠오른다. 해로동혈偕老同穴. 시인과 아내는 굳이 굳은 맹세를 안 했어도 만나는 순간 이미 살아서는 같이 늙기를 하늘에 맹세한 하늘이 맺어준 천상天上의 부부임을 알 수 있다.

시인과 아내의 신앙이 이를 굳건하게 해주고 있다.

'묶음 4 ‒ 시조' 에서 시인은 험난하지만 반드시 나아가야 할 신앙의 길에 대하여 자신의 마음을 보여주고 있다.

뒷마당 소나무등걸 가만 가만 만져 본다
십사처＋四處 고단함이 마디마디 새겨져 있다

구원의 십자가의 길
어떤 아픔도 견디리

‒ 「사순절」 전문

믿음의 길을 간다는 것은 고통이다. 스스로 자신을 구속하고 따라야 하는 희생이 있기 때문이다. 고대 로마시대와 같이 로마 병정에 의하여 포박되고 원형 경기장 밖으로 끌려나와 굶주린 사자와 마주하는 것이라면 자신을 완전히 포기한 상태에서 신앙의 힘으로 죽음을 마주할 수 있지만 오늘, 특히 미국과 같이 신앙의 자유가 있는 곳에서 자신의 자유를 절제하며 신앙의 길을 나아가는 것은 여간 힘든 일이 아니다. 죽음을 대면하고 나아가는 신앙의 길보다 더 어려울 수 있다. 그러함에도 시인은 '어떤 아픔도 견디리' 라고 말한다. 고희에 이르러도 제 뜻에 사로잡혀 있는 이들이 많다. 그러나 시인은 신앙의 힘으로 무엇을 해도 어긋남이 없는 경지에 이르렀다. 그렇기 때문에 시인은 무슨 일을 하던 그 속에 여유가 있고 멋이 있고 유머가 있고 바람이 있다.

이곳 미국 땅에서 귀 달린 바람을 만난다는 것은 시인으로서 커다란 은혜이며 축복이라는 생각이 든다. 그런 의미에서 이일영 시인은 축복의 시인이다. 미주 라스베가스 문인협회를 이끌고 있는 이일영 시인과 협회 모든 회원 여러분들에게 축하를 드린다. 이일영 시인의 첫 시집을 시작으로 회원 여러분들의 작품이 하나하나 사막의 꽃으로 피어날 수 있기 때문이다. 휘황찬란한 네온사인으로 뒤덮인 라스베가스 사막 위에 모국어로 쓰여진 시들이 모국어의 영광을 더 크게 드러낼 것이다.

아무래도 귀 달린 바람을 만나러 라스베가스로 가야 할 것 같다.

고희古稀의 신인인 시인의 앞길에 은혜와 사랑이 넘치는 자비로운 손길이 늘 함께 하여 주시기를 바라며 시인의 시집 '귀 달린 바람' 의 첫 발간을 진심으로 축하한다.

이윤홍 ㅣ 시인, 소설가, 미주한국문인협회 회장

《이일영 시인 약력》

1941년 함남 함흥 출생
서울 중, 고등학교 졸업
서강대학교 독어독문학과 졸업
한국화약그룹 다년간 근무
(기획실장 등 역임)
1987년 미국 이민
사목회장 2회(라스베가스 성당) 역임
현 라스베가스 거주

《Personal History》

1941 Born at Hamhung, Hamnam
Graduated from Seoul Middle & High School
Graduated from Sogang University,
 majored in German Language & Literature
Worked in Hanwha Corp. over 10 years
(Planning Dept. Manager etc.)
1987 Immigrated to USA
President of Korean Catholic Church twice
2017 Resident of Las Vegas, Nevada

시와정신시인선 22

귀 달린 바람

ⓒ이일영, 2017

초판 1쇄 | 2017년 4월 11일

지 은 이 | 이일영(李逸永)
펴 낸 곳 | **시와정신**
주   소 | (34445) 대전광역시 대덕구 대전로1019번길 28-7
　　　　　　신창회관 2층
전   화 | (042) 320-7845
전   송 | (042) 629-8443
홈페이지 | www.siwajeongsin.com
전자우편 | siwajeongsin@hanmail.net
편   집 | 정우석 010_9613_1010
제   작 | 성은주 010_5209_2085
공 급 처 | (주)북센 (031) 955-6777

ISBN 979-11-959539-2-9   03810

값 8,000원